在教室吵架了没关系

〔日〕丘修三/文 〔日〕长谷川知子/绘 纪鑫/译

青岛出版集团｜青岛出版社

教室里，小毅和宽宽正在玩积木。

"宽宽，来玩搭积木盖高楼吧！"

"好呀，盖高楼！"

小毅摆好第一块积木，说：

"放在这上面，一块一块摞起来。"

"知道啦，我会玩、会玩。"

宽宽"嗨哟"一声，把一块积木放上去。

嗨哟！

嗨哟！

嗨哟！

嗨哟！

嗨哟！

"小毅，绝对不能碰倒哟！"

听到"绝对"两个字，小毅紧张得心怦怦直跳。

他大气儿不敢出，轻轻地、轻轻地放上一块。

啊！摇了摇，晃了晃！

好险！只是摇摇晃晃，并没有倒掉。

"好棒！成功了！宽宽，现在轮到你了！"

可宽宽怎么也不敢往上放。

刚碰到最上面一块，高楼就晃晃悠悠，摇摇欲坠。

"嗯，嗯……"宽宽有点儿着急了。

宽宽觉得自己不可能稳稳地放上去，
干脆"呀——！"的一声，
把积木高楼推倒了。
哗啦啦——！
"干什么呀?！好不容易盖这么高！"
"不好玩嘛！"
"还是故意推倒的，太不像话了！"
"好吵啊！"宽宽"砰"地拍了一下小毅的脑袋。

挨了打，小毅的泪珠在眼眶里打转儿。

"怎么啦，爱哭鬼？这点儿小事就哭鼻子！"宽宽说。

"我才不是爱哭鬼！"

"爱哭鬼小毅！瞧，泪珠子掉下来了，掉下来了！"

他刚说完，小毅的泪水果然吧嗒吧嗒滴落下来。

"瞧瞧瞧，我说吧，就是个爱哭鬼！"
"宽宽，太讨厌了！"小毅抽泣着喊，
"我再也、再也不和你玩了！"
"好啊。不玩就不玩，绝交！"

第二天，小毅在院子里踢球玩。

他"嘭"地踢一脚，再自己跑去追回来。

真没意思啊……

"要是有人一起玩就好了。"

宽宽的身影在小毅脑中一闪而过，

"宽宽，太讨厌了……"

宽宽在草地上捉到一
只漂亮的红蜻蜓。
"很了不起吧！"
真想跟谁炫耀炫耀。
"想给小毅看看……"
不过，已经跟小毅绝交，
不能再给他看了。

又一天，下雨，不能去外面玩。
小毅在屋里摆弄小汽车。
一个人玩真的很没劲啊。
他望望窗外，心想：
"宽宽会不会来玩呢？"

宽宽在家里闲得难受。

好无聊，好无聊啊。

翻过来，滚过去，无聊得不得了。

"小毅这家伙在忙什么呢？"

忽然，他看到桌上放着一顶黄色的帽子。

帽子是向小毅借的，忘了还。

应该还回去呀。

可是，已经绝交……

就算绝交了，借人家的东西也该还啊……

"怎么还回去呢？"

宽宽绞尽脑汁地想啊，想啊。

"有了！不看小毅就可以了嘛！"

于是，宽宽撑着伞，向小毅家走去。

"小毅——！"

刚喊了一声，门就开了。

"这个，还给你。"

宽宽低着头，把帽子递过去。

"啊，我的帽子。谢谢。"

"宽宽，我妈妈烤了曲奇饼干，来吃吧！"
啊，诱人的曲奇的香味！
这可怎么办，已经绝交了呀……
"来，宽宽，快进来！"
宽宽还是脸朝下，没抬头。

"妈妈烤的曲奇可好吃啦！"
小毅抓起一块递过来。
"宽宽，为什么低着头呀？"
宽宽不知道该说什么。

要不，绝交从明天开始……
小毅递过来第二块时，
宽宽想，
要不，绝交从明天的明天开始……

吃第三块的时候，
宽宽打定主意——
绝交这件事，
以后的以后再说吧！

想到这儿，宽宽抬起头，说：
"那天打了你，真对不起！"
两人你看看我，我看看你，
开心地笑了。

吵架也是玩耍，是孩子重要的"工作"

丘修三

孩子的"工作"就是玩。对孩子的成长来说，"玩耍"绝对是一项不可或缺的活动，"玩耍"这一行为里富含着各种"营养"。首先，通过玩耍，孩子们活动肢体与手脚，身体长得更结实，也更灵活；孩子们还会动脑筋、想办法，提高体能和技能。第二，玩耍时可以结交朋友，构建小小的"社会"。与朋友交流，需要"语言"。孩子们通过语言来表达自己的意见、理解小伙伴的心思、了解游戏的规则，体验喜悦、欢笑、哭泣。另外，玩耍时还会吵架。吵架是不同思想间的相互碰撞，这种碰撞可以使孩子知晓世间存在着种种不如意，进而思考如何才能与他人友好共处。这样的"吵架"是孩子们玩耍的内容之一，是成长过程中必需的"土壤"。虽然孩子们爱为琐事争吵，却永远不会怀恨在心，这正是孩子之间吵架的动人之处，也许常常吵架的朋友才能成为真正的"好朋友"。

作 / 丘修三

日本著名儿童文学作家，日本儿童文学家协会理事长，代表作《她是我姐姐》曾获日本儿童文学家协会新人奖、新美南吉文学奖、坪田让治文学奖等多项大奖。1993年，作品《少年的每一天》获日本小学馆文学奖；2001年，作品《用嘴巴行走》获产经儿童出版文化奖日本放送奖。

绘 / 长谷川知子

日本画家、绘本作家，日本儿童出版美术家联盟会员，曾获第26届产经儿童出版文化奖，主要作品有《在教室说错了没关系》、《兔之眼》、《一年一班》系列等。

图书在版编目（CIP）数据

在教室吵架了没关系 /（日）丘修三文，（日）长谷川知子绘；纪鑫译. 一青岛：青岛出版社，2018.5
　ISBN 978-7-5552-5735-6

Ⅰ.①在… Ⅱ.①丘… ②长… ③纪… Ⅲ.①儿童故事—图画故事—日本—现代 Ⅳ.① I313.85

中国版本图书馆 CIP 数据核字 (2018) 第 052431 号
山东省版权局著作权合同登记号　图字：15-2018-53 号

在教室吵架了没关系

文字 /〔日〕丘修三
绘图 /〔日〕长谷川知子
译者 / 纪　鑫
出版发行 / 青岛出版社（青岛市海尔路 182 号，266061）
本社网址 / http://www.qdpub.com
邮购电话 / 0532-68068091
责任编辑 / 王丽静
特约编辑 / 周　莉
制版 / 青岛佳文文化传播有限公司
印刷 / 青岛嘉宝印刷包装有限公司
出版日期 / 2018年6月第1版　2025年1月第17次印刷
开本 / 16 开（860mm×1092mm）
印张 / 2.25　字数 / 20 千
书号 / ISBN 978-7-5552-5735-6
定价 / 36.00 元
编校印装质量、盗版监督服务电话　4006532017
0532-68068050
建议陈列类别：图画书